目　　录

导 读

怎样帮助小朋友们
拥有一颗强大的心？

情绪是与生俱来的，与我们的生活密不可分。我们会有怎么样的情绪，取决于我们如何理解发生在自己身上的事。如果小朋友们可以发现那些因不好的经历而产生的消极想法，然后以正确的方式进行化解，那么他们将会成为懂得享受生活的人。

本书可以教小朋友们一些小技巧来帮助他们认识、识别、重新理解那些错误的思想和观点。这样他们就能变得阳光起来，生活得更好。

我的个性

你是不是曾经问过自己，我的个性是什么？

“个性”这个词真的太太太专业了，听起来好像很复杂。但真的是这样吗？其实不是的！

想象你是一个很有名的厨师，你现在要给顾客们做一道特别棒的、叫作“个性”的甜点。

别担心，制作过程非常简单！

个性

你需要的配料

第一步就是拿一个玻璃碗，然后一点儿一点儿地把配料加进去。完美！现在只需要用一个精美的勺子搅拌一下，然后……

哇！

现在我们可以准备开吃“个性”大餐了。嗯……真是太好吃啦！

我们要跟随这本书进入迷人的思想世界了！

淘气的大脑

你知道我们的大脑从来不休息吗？它一直都很活跃——这太不可思议了。

也许你会觉得，到了晚上，大脑就会像我们一样休息。才不是呢！大脑仍然是醒着的。即使在我们睡着的时候，大脑也在一刻不停地工作，所以我们才会在晚上做美梦或者噩梦。

我们的脑子里每天甚至会有成千上万个想法。

你知道我们一生中会产生多少个想法吗？答案是无穷尽，比宇宙中所有的原子数都多。

太太太太棒了！

我在思考，所以才有我的存在

唉……我们的想法真的是太多啦！而这些想法又总是围绕着我们。有时，我们会注意到它们；但有时，我们忙着做其他事情，就很容易忽略它们。

并不是所有的想法都是美好的，或者让人开心的。有时候，我们也会有一些自己不喜欢的想法，这些想法让我们感觉很不好，甚至会觉得它们一点儿用处都没有。

但是，有想法就是一个好消息，即使我们不喜欢所有想法。因为有想法就意味着我们还活着，我们是存在于这个世界上的！

尽管我们不能避免出现不喜欢的想法，但有一些小妙招可以帮助我们摆脱困扰，让它们尽快消失，就好像变魔术一样。那么，快来认真地读一读吧！

一、二、三……开始！

不要担心那些出现在你脑海中的不喜欢的想法。去做一些你喜欢的事情，让自己忙起来：听音乐、看书、跳舞、画画、骑自行车、跑步、练习放松、想美好的事情，或者和朋友一起玩耍。

通过做喜欢的事情分散自己的注意力，那些不喜欢的想法很快就会像变魔术一样消失了。

你也可以**回忆一些对你来说非常愉快的经历**。你的脑海中一旦充满美好的画面，那些不喜欢的想法便会消失。

比如，想一想某一天发生的让你非常开心的事情：你的生日聚会或者在院子里和你的朋友玩耍。

闭上眼睛，深呼吸，把那段美好的记忆带入脑海。

试着记住回想的细节：你看到了什么？你听到了什么声音？你闻到了什么味道？那天的气温怎么样？你穿着什么衣服？你感觉怎么样？你和谁在一起？你们一起做了什么？

感觉好一些了，对吗？每当你有不开心或你不喜欢的想法时，你就可以使用这个小魔法。

求助！侦探遇到麻烦了！

你的脑海中会有很多想法，但不是所有的想法都在说实话。消极的想法说的话不一定是真的。

你要成为一名侦探，去搜集证据来查明那个消极的想法是否说了实话。

要小心！

它可能是一个**会骗人的想法**，只是为了让你上当。

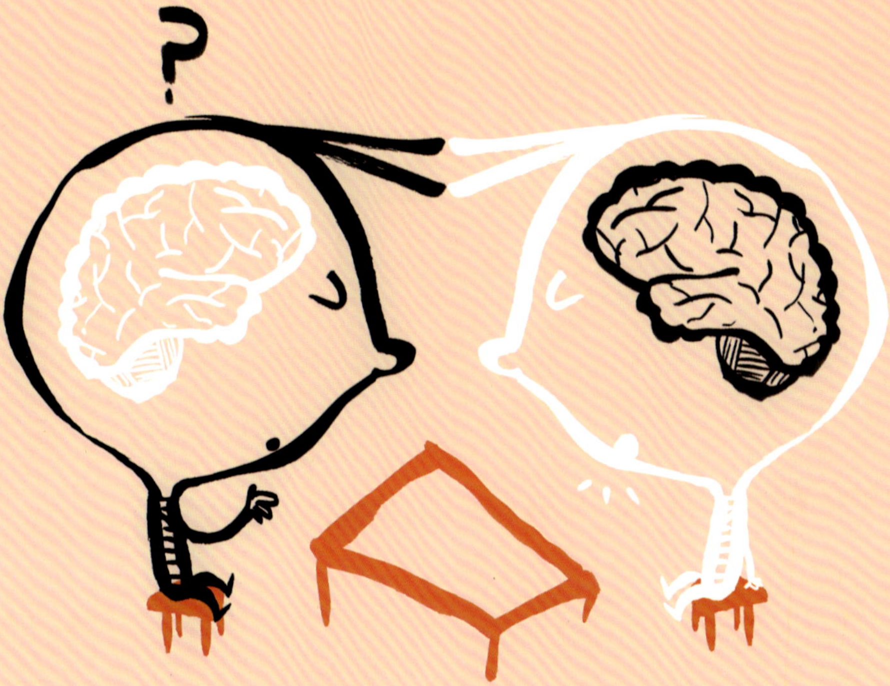

但是，怎么才能判断这个想法是不是骗人的呢?

很简单!

你要像电影里一样，以审问的方式来向你的大脑提出问题，帮助自己做出判断:

我为什么怀疑这个想法在说谎?

除了这个想法之外，是否还有其他的想法?

如果从 0 到 10 打分，我会给这个想法与事实的接近程度打几分?

2
5
7
4
1
3
4
5
2
1
6
0
3

会骗人的想法

寻找会骗人的想法。

能够成功抓住会骗人的想法的人，将会获得丰厚的奖赏：内心平静和生活幸福。

嘘……

请安静。

开始指认、逮捕8个受通缉最多的会骗人的想法。它们可能会伪装成普普通通的样子。

让我们一起行动吧！

10

极端的斑马

用黑或白（好或坏）看待发生在自己身上的事情，而忽略灰色（不好也不坏）的部分。这个想法认为，如果有些东西不完美，那它们就不好。这个想法很极端。

比如：

卡拉在数学考试中得了 70 分，这让她感到非常难过。

卡拉想：

“我真是太失败了，70 分的成绩太差了，我不适合学数学！”

哪里错了？

卡拉认为只有 100 分才是好分数，她没意识到其实 70 分也很棒。考了 70 分并不意味着卡拉不适合学数学。

多疑的狐狸

在没有任何依据，甚至没有调查的情况下，以为自己很懂别人的想法，对他人的想法做出猜测。

比如：

莱蕾坐在自己的课桌前，看到两个同学在笑。

莱蕾想：

“他们肯定是在笑我！”

哪里错了？

莱蕾真的不知道她的同学在笑什么。她以为他们在嘲笑她，但他们可能是因为其他的事情在笑，也可能是被别人讲的笑话逗乐了。

总是消极的猫

在证据不足的情况下，就预判事情会往坏的一面发展。

比如：

米格尔从来没有滑过冰。爸爸妈妈提议带他去滑冰，但他觉得滑冰一定非常无聊，所以不想去。

米格尔想：

“如果我们去滑冰，我肯定玩得很不开心！”

哪里错了？

米格尔从来都没有尝试过滑冰。在第一次滑冰之前，他不可能知道滑冰这项活动是否真的像想象的那么无聊，是只在冰面上滑来滑去呢，还是恰恰相反。如果去滑一次，或许他会发现自己很喜欢滑冰。

焦虑的河豚

把发生在自己身边的日常事件看成一场大灾难，夸大自己的经历或这些事情对自己的影响。

比如：

菲利普的妈妈迟到了，没有按时来学校接他。菲利普既害怕又担心，他认为妈妈一定遇到了什么不好的事情。

菲利普想：

“我妈妈一定出车祸了！”

哪里错了？

菲利普没有考虑到其他有可能出现的情况。比如，妈妈可能是因为和朋友聊天耽搁了，可能是堵在路上了，也可能是因为去超市买东西而迟到了。

医院

2
1
3

不自信的驴

淡化做得好的事情对自己的影响，不愿自己因为良好的品行或获得的成就而受到奖赏。

比如：

路易斯在足球比赛中射进了决定性的一球。比赛结束后，所有人都祝贺他。

路易斯想：

“这不是我的功劳，我只是运气很好！”

哪里错了？

路易斯不看重这个进球。他没有认识到，自己其实做得非常好，他能踢进这个球，全靠他在训练中的努力，这是一件值得嘉奖的事情。

悲观的鼹鼠

如果只关注某件事情不好的部分，却忽略其他方面时，就会产生悲观的情绪。自己就好像身处隧道中一样，只看到隧道里面的东西，而忽略了外面的世界。

比如：

雷欧不想去参加他的朋友马科斯的生日聚会，因为马科斯告诉他，他们要吃奶酪三明治。

雷欧想：

“我讨厌奶酪三明治！我不想去！”

哪里错了？

雷欧只关注到奶酪三明治，却没考虑他可以和朋友一起玩，一起吃生日蛋糕，一起参加所有为生日准备的游戏，这些活动会让人无比开心。

绝不！
绝不！
绝不！
绝不！

爱否定的蚊子

把一个例外变成一个通用的规则，认为只要发生了一件或几件负面的事，一切都会出问题。在这类想法中，经常会出现“绝不”“从不”“总是”等词语。

比如：

维多利亚的父母不让她周六在朋友何塞菲娜家过夜。

维多利亚想：

“我的父母从来都不让我做任何事情！他们总是破坏我所有的计划！”

哪里错了？

通常情况下，维多利亚的父母允许她做很多事情。但是，这周六他们一家人要去旅行，所以维多利亚不能在她的朋友何塞菲娜家过夜。

想太多的狗

尽管自己什么都没做，但认为自己要为所发生的不好的事情负责。

比如：

亚力山大听到他的父母在房间里吵架，虽然他听不懂他们在吵什么，但亚历山大想：

“他们肯定是因为我才吵架的！”

哪里错了？

亚历山大认为自己是导致父母争执的原因。然而，他的父母却是在为家务事争吵。

想太多

小朋友，抓住这些会骗人的想法不是最终目的，不要忘记你最重要的任务：

要快乐地生活哟！

索菲亚 · 吉尔是一名职业心理学家，她对动物和哲学都很感兴趣，自幼热爱阅读，尤其喜欢新书打开时散发出的味道。她致力于让心理学变得通俗易懂，具有创新性，符合时代特点，以满足人们现代生活的需要。在 2014 年，她创立了 Mindup 心理学家中心网站。

她的梦想是：为维护人们的情感健康、增强心灵能量和改善人们的生活品质做出贡献，让人们成为更好的自己！

梅尔塞 · 加利本科就读于西班牙巴塞罗那大学的美术雕刻专业。此外，她曾在巴塞罗那艺术学校学习插画。

她热衷于听音乐和跳舞，但绘画一直是她表达自己的方式。她对拼贴画、摄影都很感兴趣，并乐于通过最简单的事物传达最大的表现力。她的作品富有幽默感，能够在启发读者想象力的同时，使他们会心一笑。目前，她既是一名教师，也是一位艺术家，经常参与面向成人和儿童的课程及研讨会。